# 내 생애 처음이자
# 마지막 사랑이었으면

뱅크북

내 생애 처음이자 마지막 사랑이었으면 ☆

그대를 처음 만났을 때...
세상에 존재하는 모든 이들이
우리의 만남을 비웃었지요.
어울리지 않는다고...
그래서 언젠가는 헤어지게 될 것이라고...

우리들도 모르는 미래에 대해
그들은 아주 자신 있게 말했습니다.
아니라고...
그럴 리가 없다며...
애써 미소를 지으며 두려워하는
그댈 위로했지만...
사실 나도 많이 두려워했었답니다.
짙은 후회를 남기기 전에
되돌아서려고 했었지요.

그대가 눈물을 보이더군요.
침묵을 지키고 있었지만
난 알 수 있었습니다.
그대 눈물이 무엇을 의미하는지...

그대의 애절한 눈빛이
무엇을 원하고 있는지 말입니다.

세상 사람들이 보내는
그 비웃음 위로 올라서자고...
설령, 세상 사람들의 말처럼
먼 훗날 서로 다른 곳을 바라보며
이별을 말해야 할...
그런 아픈 날이 찾아올지라도
지금 이 순간만은 함께 하자고...

쇠잔한 가슴일지언정
그대를 받아들이기로 결심했습니다.
존재 그 자체만으로도
힘이 되고 위로가 되는
내가 되리라 다짐했었지요.
하늘이 우릴 갈라놓을 때까지만
함께 하자고...
그때까지만 날 믿어달라고...
그러면 내가 그댈 지켜줄 것이라고...

그대를 만난 후부터
층층 계단을 오르내릴 때마다
계단 하나하나에 의미를 부여하는
버릇이 생겼답니다.
늘 신경을 쓰기는 했지만
그대를 만족스럽게 만든 적은
거의 없었지요.

음악을 들려주고 싶어도
너무 낡아서 삐그덕소리만 내는
낡은 피아노처럼
내 마음과는 달리
엉뚱한 소리가 불쑥 튀어나오기도 하였고...
위로의 말을 한다는 것이
오히려 그대에게 더 큰 상처를
안겨준 적도 있었지요.

앳된 그대의 이마에 입맞춤하던
아름다운 날들의 기억보다는
항상 소리내어 웃기는 했지만
가슴 저민 날들이 더 많았었지요.

바다처럼 평온한 모습을
유지하려고 노력했지만
작은 일에도 화부터 먼저 내고...
듬직한 산처럼 바라보기만 해도
믿음이 가는 그런 존재가 되려했지만...

사사로운 일에도 짜증부리고
투정부리는 옹졸함만 보여주었었지요.
이해해주기 보다는 이해 받기를 원했고...
사랑을 키워나가기 보다는
사랑 그 자체를 확인하려고만 했었지요.
자유로운 사랑을 약속하고서도
소유를 갈망하였고...
먼 산을 바라보는
그 짧은 순간조차도 아쉬워
마주보기를 소망하였고...
미래를 말하면서도 그대의 과거사에
더 큰 관심을 보였었지요.

딱... 한번...
그대가 내 곁에서

아주 멀리 떠난 적이 있었지요.
그때 난...
과장된 몸짓으로 웃음을 보이면서
잘 다녀오라고 손을 내밀었었지요.
바람은 그대의 젖은
머리카락을 쓸어 올리고...
무거운 침묵이 그대의 까아만 눈동자에 괴인
눈물을 훔쳐내고 있는 가운데...


밥을 먹으려고 수저를 들면
눈물이 먼저 나왔습니다.
힘들게 밥알을 입안으로 밀어 넣어도
목이 메어 삼킬 수가 없었지요.
횡단보도 앞에서
빨간 신호등을 구별하지 못해서
지나는 차에 몇 번이나 치일 뻔했습니다.
잠을 이루지 못해 옥상에서 별을 헤이며
눈물로 밤을 지샌 적도
한두 번이 아니었답니다.
술에 취해 길바닥에서
걸인처럼 뒹군 적도 있었고...

누군가와 시비가 붙어
경찰서에서 새벽을 맞은 적도 있었습니다.
숨을 들이쉰다는 그 자체가
내겐 너무도 큰 고통이었지요

어쩌면 이것이
마지막일지도 모른다고 생각하니...
한겨울에도 식은땀이 비오듯
쏟아져 내리더군요.
사우나실 안에 있는데도
온몸이 얼어붙는 듯한
싸늘함과 한기가 느껴졌습니다.

끝이 아닌 잠시동안의
이별이었음에도 불구하고
내가 가진 모든 것을
다 잃어버린 듯한
공허함과 절망감이
내 삶을 지배하더군요.

기다림을 배우게 되었지요.

힘들기는 했지만
그렇게 지루하지만은 않았답니다.
비가 오는 날에는
보라색 아이리스와
안개꽃을 한아름 사들고
그대가 돌아올 길목을 지키고 있었지요.
우산은 준비하지 않았답니다.
혹시라도 우산에 얼굴 가려
그대가 날 발견하지 못하면 어쩌나 해서요.
겨울에는 기다림에 지쳐
눈사람처럼 꽁꽁 얼어붙어 있었지요.

눈 내리는 날은
그대 오는 발자국 소릴 듣기 위해
귀만 쫑긋 세우고 있었답니다.
가을에는 낙엽을 긁어모았습니다.
낙엽을 태워 그대 언 손을
녹여 주리라 생각했었지요.
낡은 외투 주머니 한쪽은
항상 열어 놓았답니다.
그대의 지친 손을 담기 위해서였죠.

오백 원짜리 동전을 주우면
행운이 찾아온다고 해서
길을 걸을 때마다
가끔씩은 주위를 두리번거린 적도 있었지요.
내게 행운이 찾아오면...
그 행운을 그대 돌아오는 날
축복의 선물로 주고 싶었거든요.

우리가 자주 가던 그 찻집은
거의 하루도 거르지 않고 찾아갔었답니다.
항상 두 잔의 커피를 시켰었지요.
같은 노래를 신청하였고...
그대가 싫어하는 담배는 될 수 있으면
피우지 않으려고 노력했었지요.

비록 혼자였지만
그대와 함께 있을 때와
크게 달라진 것은 없었답니다.
다정스럽게 걷고 있는
창 밖의 연인들을 바라보다

까닭 모를 눈물 흘린 적은
몇 번 있었답니다.

그 눈물...
긴 꼬리를 물고 유성처럼
커피 잔 속으로 떨어지면
행여 남들이 볼까봐
슬그머니 창 쪽으로 고개를 돌리고...
그래도 주체할 수 없으면
화장실로 급히 달려가...
미운 그대 이름
나지막이 불러보며 서러워하던...
그런 날들은,
아주 간혹이나마 있기는 했었지요.

그러다 밖에서 노크소리가 들리면
성급히 물을 내리고...
다시 처음 그 자리로 되돌아와
마치 아무 일도 없었던 것처럼
식은 커피만 홀짝홀짝 들이키던...

혼자만의 오해로 등을 돌려야했던
지난 과거에 대해서는
더 이상 말하지 않으려 합니다.
그대가 미운 것이 아니라
지난 추억을 잊지 못하는
그대가 미웠을 뿐입니다.
힘들기는 하지만
다시 시작하려고 합니다.

이제 나의 소망은
그대의 뜻에 조용히 따르는 것입니다.
무엇을 어떻게 드려야 할지
막막하기는 하지만
내가 가진 모든 것을 드리려 합니다.
각자의 길을 가야할 날이
언젠가 또다시 찾아온다 할지라도...
그래서 그대와의 사랑이
더 깊은 슬픔이 된다할지라도...
두려움 없이 그대를
한몫에 품으려 합니다.

이 세상에서
가장 흔한 것이 사랑이라지만...
너무 흔해서 아름다운 사랑은
표현하는 것이 아니라
아껴두는 것이라 하지만...
내가 지금 그대에게 할 수 있는 말은
오직 하나...
예전이나 지금이나 변함없이
그대를 사랑한다는 것입니다.
내 생애 마지막 사랑은
오직 당신뿐이라는 것입니다.
그 마음...
영원히 변치 않길 소망하며
사는 것입니다.

당신... 사랑해요...

차 례

# 차 례

이제


너의 흔들리는 눈동자 속에서
난 사랑과 이별을 알게 되었어
비에 젓은 기리의 슬픔이
너의 또 다른 모습임을...
너의 말 못할 외로움임을...

비오는 날 늦은 오후에
거리가 훤히 보이는
창가를 바라보며
어느 누굴 막연히
기다려 본 적 있어
그것도 사랑이라고...
그 마저도 그리움이라고...
목 놓아 울던 너

이제 힘들어도 한번 웃어봐
화려하지도 슬프지도 않은
그 모습 그 표정 그대로를...
비 내린 거리가 슬퍼 보인다고

괜히 눈물 글썽이지 말고
작은 미소 한 번 지어 봐
이젠 널 잡지도...
왜 떠나느냐고 묻지도 않을 게

그냥 쓰디쓴 커피 한 잔 마시며
나직이 안녕 이라고만...
안-녕 이라고만 말 할 수 있는
또 하나의 나의 사랑을 가지려 해
그 하나의 사랑마저도
너이길 바라면서...

---

어떠한 경우에도 인생에 완전한 만족이란 없는 것이다. 자기가
인정한 것을 힘차게 찾아 헤매는 하루하루가 인생인 것이다. -
괴테

마지막 선물

전에 당신과 늘 함께 갔던
그 찻집에서 당신을 봤어
애써 대연한 척 했지만
많이 흔들리더라

내 마음...
상처투성이 내 마음...
다시 예전으로 되돌리기엔
너무 먼 길을 온 거 같아.

당신을 떠나보내는 일이...
내게 전부였던
당신을 잊는다는 것이
말할 수 없이
괴롭고 아픈 일이지만...
내가 떠나는 당신에게 주는
마지막 선물이야

'바보야! 이제... 행복해...'

당신에 대한 사랑은


당신을 사랑하는 것이
마치 큰 죄만 같아서
그 사랑 안으로,
안으로 숨기다
이젠 치유 불가능한
불치병이 되었습니다.

내가 살기 위해서는
당신에게로만 향하는
그 감정들을
이젠 조용히 접어야 하는데
메스로 썩은 환부를 도려내 듯
조금은 두렵고 무서워도
내 안에 똬리 틀고 있는
당신이란 존재를
깨끗이 지워야 하는데
내겐 도저히 그럴 재간 없으니...

세상 벌 가운데
가장 잔인하고 가혹한 것이

사랑하는 사람을 곁에 두고도
그 사랑을 부정하며
사는 것이라는데...

이미 가슴 한켠에 뿌리내린
그 사랑의 감정들조차
마치 아무 일도 없었던 것처럼
싹둑 잘라내고
살아야하는 것이라는데...

나 혼자 그 고통의 벌
다 앓아내고서라도
당신을 알고...
사랑을 알고...
죽는 그 순간까지 가슴 한켠에
나만의 비밀로 품고 가려했는데...

여전히 당신과의 거린
멀게만 느껴지고
감당해 나가야 할

고통의 시간들은
너무도 아득하기만 하니...

내가 당신을 사랑한 것이
그리도 큰 잘못인지...
천벌을 받을 만큼
그리도 큰 욕심을 내고
있는 건 아닌지...
술 마시는 날마다
하늘 올려다보며 하소연 해보지만...

이런 투정마저도 친구들은
당신에 대한 사랑이라고
당신에 대한 어쩔 수 없는
그리움이라고
내가 죽기 전엔 끝나지 않을
그런 지랄병이라고 말합니다.

그런...

바다 1


자신을 지키기 위해서는 짜야만 하는
바다의 슬픈 운명

오직 한 사랑을 위해
자신의 몸을 썩히지 않기 위해
끊임없이 눈물을 뽑아내야 하는 바다

한 점의 더러움도 허용치 않으려는
자기 방어적 사투

그건, 백파白波를 물고
뭍으로 파고드는 파도의 집념처럼
하늘만을 사랑하겠노라는 맹세
죽는 날까지 오직 한사람의 이름만을
입에 올리며 살겠다는 약속.

바다 2


그립다는 것,
보고 싶다는 간절한 마음은
바다도 막을 수 없어
바람도 어쩔 수 없어
눈물 나게 내버려두면
조그마한 입으로
'후우' 불기만 해도 날아가 버리는
허허로운 눈물

사랑 받지 못한다는 것은 이 세상에서 가장 괴로운 것이다.
-(에덴의 동쪽)중 아브라의 대사-

그에게 하고 싶은 말


오직 한 사람만을
사랑하며 살고 싶다
그가 내 이름을 부르면
서슴없이 달려가
그의 일부가 되어
안식을 주리라

사랑하는 그 순간부터
난 이미 그의 것

사랑한다는 고백하나로
날 더 이상
저항하지 못하게 만든
그에게 달려가 말하고 싶다

이제 난 네꺼라고...
너의 그 오만함과
도도함까지 사랑하는
너만의 男子가 되었다고
나의...

현재 잔고


네가 만약 은행이라면
내가 그 동안 그곳에
저축해 놓은 사랑은 얼마쯤 될까
그 사랑 돈으로 환산한다면
과연 얼마정도 될까
수 년 동안 거의 매일 저축 했으니까
아마 몇 천은 족히 되고 남을 걸

뭐, 뭐라구!
내가 외롭고... 속상하고...
괴로울 때마다
그동안 네게서 대출해간 사랑만
돈으로 환산해도
수억은 족히 될거라 구

그 빚 다 제하고 나면
현재 잔고는 마이너스라 구!!

내 사랑은


그대가 날 사랑하지 않아도
나 조금도 슬프지 않아요

내 사랑은 받는 사랑이 아니라
그저 주는 것만으로
벅찬 사랑이니까요

그대가 내 맘 몰라줘도
나 조금도 속상하지 않아요

그저 나란 존재가
이 세상에 존재한다는 것만
기억해줘도
감사의 눈물이 절로 흐르는 걸요

그대가 어느 날
매정하게 날 내치더라도
나 그대 미워하지 않아요

내 사랑은 처음부터
소유하는 사랑이 아닌
그저 멀리서 바라보는 것만으로
가슴 저린 그런 사랑인 걸요

그대가 내 기억 속에서
영원히 잊혀 진다해도
나 조금도 슬퍼하지 않아요

잊는 그 순간에도
난 그대를 사랑하니까요

내가 그대를 잊는 것이 아니라
세월이 그대를 지우는 것뿐이니까요

첫사랑


길을 가다가 우연히 마주친 그녀는
그 옛날 나의 첫사랑
발걸음을 멈추고 잠시 망설이던 나

'전화번호가 몇 번이었지?'
'이름은 뭐였더라?'

이때 꼬마 아이 하나가 달려와

그녀를 불러 세웠다.
"엄마, 같이 가!"
피식 웃음을 보이던 나

'그래, 이제 그녀의 이름은 엄마야,
엄마...'

그 아이


앞모습보다 되돌아섰을 때
더 믿음이 가던...

내가 낙심하거나 침울해하면
말없이 손을 내밀어주던...

얼음처럼 차가운 눈빛을 가졌으면서도
불꽃으로 타오를 수 있는
가슴을 가졌던...

내가 곤란한 상황에 처하면
슬그머니 자리를 비켜주던...

눈에 보이는 외적인 내 모습이 아니라
그저 한 인간으로서의 나를
사랑해 주던...
남모를 고뇌와 방황을 하면서
언제나 자신의 자리만은
묵묵히 지키려 하던...

자신보다 주변의 어려운 사람들을
더 잘 챙겨주던...

가끔은 내가 곁에 있어도
외로웠노라고 솔직히 말해주던...

늦은 밤 술에 취해 찾아가도
귀찮은 표정 짓기는커녕
얼음 동동 띄운 꿀물을 들고 나오던...

실수로 작은 상처라도 하나 생기면
대일밴드 붙여주며 호-하고 불어주던...

혼자서 바다에 다녀와서는
바닷물이 가득 담겨져 있는 맥주병을
선물이라며 건네주던...

영화를 보다 조용해서 보면
어느새 내 어깨에 기대 잠들곤 하던...

알뜰하지만 특별한 날을
기념하기 위해서는
한 달치 용돈도 기꺼이 내놓던...

내가 투정부리고 응석부려도
언제나 따스한 미소로
말없이 위로해주던...

내가 조금만 아파해도
마치 죽을병에 걸리기라도 한 것처럼
아무 것도 먹지 않은 채
소리 죽여 울기만 하던...

내가 커피 주문하면 알아서
설탕 두 스푼과
프림 한 스푼을 타주던...

비오는 날 안개꽃을 선물해주면
'돈도 없는데 이런걸 뭐 하러 샀느냐'고
핀잔주면서도 금세 좋아서

어쩔 줄 몰라 하던...

늦은 밤에 술값이 없어 전화하면
군소리 않고 자기 아빠 지갑을
몰래 털어 오던...

사람 많은 버스 안에서
내가 아무리 큰소리로
떠들어대도 그 흔한
핀잔 한 번 주지 않던...

어디 한 번 놀러가자고 하면
한 달 전부터
너무 흥분해서 잠도 잘 못 자던...

돈이 없어 포장마차에서
우동 한 그릇 시켜주면
국물 한 방울도 안 남기고
다 먹어주던...

김밥 먹을 때마다
마지막 한 조각은 배부르다면서
늘 내 앞으로 슬그머니 밀어주던...

모두를 사랑하지만 그 중에서도
한 남자만을 조금 더 사랑할 줄 알던...

내가 약속을 어기면 이유는 묻지 않고
가만히 그 크고 예쁜 눈만 흘기던...

찬바람이 조금만 불어도
자신이 직접 뜬 목도리로
내 목을 칭칭 동여매 주던...

중고 오토바이 뒤에 태우고 가면서
이 세상 끝까지 같이 가자고 말했더니
아무 말 없이 내 등에 고개를 묻던...

그리고는 뜨거운 그 무엇인가를
하염없이 쏟아내던...

키스 한번 하자고하면
이를 닦고 오지 않아서 안 된다며
다음으로 미루기만 하던...

그렇게 '다음'을 기약하고는
어느 날 훌쩍 내 곁에서 떠나갔던
참으로 나쁜 아이...

그 아이가...

오늘 많이 생각납니다.
유난히도 보고 싶습니다.

운명은 어딘가, 다른 데서 찾아오는 것이 아니고, 자기 마음속에
서 성장하는 것이다.   -헤세

이제 당신은


진실로 살아있다는 것과,
진실로 누군가를 사랑한다는 것은
참으로 아름다운 일입니다
비록 마주하지는 못하지만
사랑하는 누군가를 그리워하고
그를 위해 기도할 수 있다는 것은
참으로 값진 축복이자 선물인 것입니다

말을 하지 않아도 좋습니다
오직 사랑하는 한 마음으로
이어져야합니다
그 마음 조용히 바람처럼 깃들어
지치고 고독한 영혼의 한 모퉁이를
따뜻한 모닥불의 온기로
감싸 줘야합니다

누구의 말씀처럼 이제,
'사랑하므로 아무리 멀리 있다하여도
기필코 서로에게 닿는 유일한 길'임을

신앙처럼 믿으며 살아야할 때입니다.

불면의 밤마다 일기장 한 모퉁이에
부끄러이 써 보던 이름 석 자.

이제 당신은,
그대로 제 영혼에 새겨지는
그리움이어야합니다.

태풍이 불어와도 풀이 뿌리 채 뽑히는 일은 없다. 풀은 부드러워
서 태풍에 이기지 못하고 쓰러지는 것은 꼿꼿하게 서 있는 높은
나무뿐이다. – 인도설화집 '판차탄트라'

기도


당신은 나의 미래입니다

오직 기쁨과 희망으로만 가득 찬
무엇 하나 중하지 않음이 없는
사랑이란 이름으로
영원히 함께 가야 할 동반자입니다
친구입니다
외길에서 숙명적으로 이어진
한 올의 값진 인연입니다

사랑하겠습니다
당신이 날 아껴줌과 같이...

그리고 간절히 기도하겠습니다
당신이 내 생애 마지막 사랑으로
기억되게 해 달라고...

사랑한다는 것은


오직 그대만의 향기가 되겠습니다
내 생이 다하는 날까지...
영혼의 향기가 바람에 다 날리어
무취의 존재로 사라지는 날까지...
나 그대만을 위한 존재로
기억 되겠습니다
감당키 힘든 시련과 고난이 닥칠지라도
우리 앞에 놓여진 그 외길만 바라보며
묵묵히 걸어가는 사랑을 하겠습니다

그대와 함께 가는 길 앞에
그 어떠한 시험과 유혹이 찾아와도
이겨 내겠습니다
생명의 일부를 내주어야 한다면
기쁜 마음으로 그리 하겠습니다

사랑한다는 것은 곧 주는 것.
다 주어 결국에
빈껍데기만 남을지라도

아낌없이 주고 또 주는 것입니다
그러고도 남은 것이 있으면
그 마저도 다 내어주고
행복해하는 것입니다

오직,
그대 하나만을 섬기며 사는
목숨이고 싶습니다.

Friends and wines improve with age.
-친구와 포도주는 오래될수록 나아진다.

진정으로 누군가를 사랑한다는 것은


사랑을 내 것으로 만들기 위해서는
우선 자신부터 사랑하는 법을
배워야합니다

산다는 것은 눈물겹도록 치열한
자신과의 싸움.
숱한 인연의 소용돌이 속에서
내 인연을 온전히 지키기 위해서는
정글보다 더 치열한 생존법칙을
온몸으로 느껴야합니다

절망도 배우고,
절대고독의 두려움도 체험하고,
때론 하나뿐이 인연과
이별하는 아픔도
겸허히 받아들여야합니다

그러한 시험과 시행착오 속에서
우린 강해지는 법을 체득하고

눈물겹도록 절절한 생의 의미를
깨닫기도 하는 것입니다

진정으로 누군가를 사랑한다는 것은
떨어지는 빗소리에도 가슴 저린,
사랑한다는 말조차 할 수 없는
아픔입니다

끝나지 않는 그리움인 것입니다.

애정의 수단으로 행복해지는 유일한 길이 있다. 즉 아무도 사랑
하지 않는 것이다. - P.부르제 '현대연애생리학

인연이 하나의 사랑으로 결실을
맺기까지는


눈물 날 때는 눈물 나는 대로
사랑하며 살아야합니다
운명적으로 만나야할 귀한 인연을
받아들이기 위해서는
눈물의 무게만큼 성숙해지는
삶의 이치를 가슴으로 뜨겁게
깨달아야 하는 것입니다

서로에게 주어진 인연의 끈을 잡기 위해
우린 그 동안 얼마나 많은 날들을
방황하며 떠돌아 다녀야했습니까.

절망하고, 쓰러지고, 아파하다가
남몰래 흘려야했던 그 숱한 눈물들.
그래도 우린 끝내 포기하지 않고
삶의 진정한 의미와 기쁨을 얻기 위해
숨이 턱밑까지 차오르도록
달리고 또 달려야만 했습니다.

돌이켜보면 지나간 시간은
한 올의 진실을 잉태하기 위해
방황과 고뇌로 쳐 댄
생살 돋음과 같은
아픔의 연속이었습니다

눈물이 날 때는 눈물나는 대로
사랑해야합니다
살아간다는 것은 희로애락의 긴 여정.

하나의 인연...
그리고 그 인연이 하나의 사랑으로
결실을 맺기까지는 우리,
밤새 전봇대 끌어안고 울어야 할지라도
나를 주고, 또 주고...
그래서 그에게 힘이 되어줄 수 있는
단 하나의 나룻배가 되어주는 것.

소리 없이 내리는 새벽 눈처럼

그의 영혼으로 스며들어
떨리는 음성으로 고백해야 합니다

사랑한다고...
단지 사랑할 뿐이라고...

사랑도 욕망도 미움도 한 번 스치고 지나가면, 마음속에 아무런
힘을 미치지 못하는 것이다. - 어네스트 다우슨

확신을 주세요


그대의 아픔까지도
내 것인 양 받아들이고 싶습니다
그대와의 사랑을
내 삶의 최고 가치로
인정하며 살고 싶습니다

인연을 기다리며 밤마다 습관처럼
술잔을 기울이는 외로운 내겐
당신의 따스한 말 한마디와 눈빛이
너무도 절실합니다.
사랑을 얻기 위해
이별의 고통을 먼저
받아들여야 한다면
조금은 두려운 몸짓으로
느끼고 싶습니다

그대와 같은 길을
가게 됨으로 하여
지금까지 경험하지 못했던
숱한 절망, 슬픔

다 받아들여야할지라도
한번뿐인 내 인생
당신과 주인공 되어
소설 속의 다정한 연인들처럼
예쁘게 사랑하다 죽는 길을
택하고 싶습니다

진실 된 그대의 마음을 보여주세요.
확인 받고 싶습니다,
느끼고 싶습니다.
방황으로 탕진하는
나의 젊음이 싫습니다
숱한 그리움 속에서 만난 그댈 위해
내 모든 것을 다 받쳐도
조금도 지나치거나 아깝지 않다는
확신을 주세요

내 젊은 날의 방황이
오직 그대 한사람에게로만
운명지어지고 싶은 까닭입니다.

진정한 사랑은


이름 없는 것들을 사랑해야 합니다
기억할 이름이 없다는 것은,
곧 사랑하는 그 누군가에게조차
잊혀졌다는 것.
고통이 있다면 고통스러운 만큼
잊혀진 것들의 존재를 사랑해야합니다

만남이 어찌 행복으로만
가득 찰 수 있겠습니까?
사랑이란 이름으로 미움을 키웠다면
이젠 그 미움조차도 사랑해야 합니다

진정한 사랑은
함께 마주보는 그 순간보다
인연 뒤로 사라지는 그 순간들을
더 귀하고 소중하게 여기는 것입니다.

## 그대를 다시 만나면

그대를 알기 전에는
하나의 길을 간다는 것이
이다지도 고달프고 힘겹다는 걸
 미처 몰랐습니다

인연의 길은 마냥 기쁜 마음으로만
채우는 것이 아닌,
아픔도 동시에 받아들여야 한다는 것을
지금에서야 비로소 알게되었습니다

젊은 날에 겪어야할
모든 방황과 좌절을
그대 한 사람에게서
다 배운 까닭에
온몸으로 성숙하는
아픔을 깨우칩니다

참사랑의 진리는
아흔 아홉 고개의 고비에서

한치의 흔들림도 없이
여윈 사랑을 끌어안고
끝까지 함께 가는 것임을
바보처럼 이제야 알게 되었습니다

그댈 만날 수 있는 행운이
또다시 찾아온다면
그땐 그 어떤 시련에도
흔들리지 않는
사랑 그대로의
참사랑을 하고 싶습니다

슬픔을 나누면 반으로 줄지만, 기쁨을 나누면 배로 는다.
- J.레이 "영국 격언집"

## 기다림

기다림의 참가치를
뜨겁게 배우며 살아야합니다
그것이 기대이하로
허탈하게 찾아올지라도
무참히 깨져
실망만 하나 가득 가져다줄지라도
그마저도 절절하게
부여안은 채 살아야합니다

지치고 쓰러지고
때론 시행착오로 얼룩져
무엇 하나 가치 없는 인생들.

그 안타깝고 참담한 가시밭길 앞에서
기다림마저 저버린다면
우리의 생은 지금보다 훨씬 더
삭막하고 비참해질 것입니다

산다는 것은 어쩔 수 없는

시행착오의 연속.
이제 기다림조차 허용되지 않는
막막한 공간에 감금되어도
영원한 사랑을 저버려서는
안 되는 것입니다
설령 마지막 소망 기다림이,
우릴 배반하여
우리가 가진 모든 것을 한 순간에
다 내어줘야 할지라도
숨이 멎는 그 순간까지
그것의 진실을 가슴에 품으며
묵묵히 앞만 보며
걸어 나가야하는 것입니다

기다림은 참으로 고독하고 험난한
자신과의 처절한 싸움.
그 싸움에서 승리하는 자만이
진정으로 가치 있고
의미 있는 생을
온몸으로 뜨겁게
받아들일 수 있는 것입니다.

## <바보스런 편지쓰기>

**1.**

다시 태어나면 무엇이 되어 볼까... 먼지가 좋겠다는 생각을 해봐요. 한 줄기 빛에 의해서만 보여지는 작디작은 먼지하나... 비스듬히 열려 있는 창문 너머로 들어오는 한 움큼의 빛 그 빛에 의해 존재하는 먼지... 방안 가득 구겨져 있는 수많은 파지들... 책상 위 얼룩져 있는 그에 눈물... 그리고 그 위에 나... 수많은 밤 혼자였을 그에게 혼자가 아님을... 그가 존재하는 모든 공간에 내가 있음을... 창문 틈한 움큼 빛으로 말해 봅니다...

**2.**

어떤 신에 의하면 다음 세상은 또 있을 거구... 어떤 작가에 의하면 몇 만년 후엔 다시 만날 수 있을 테니까... 기다릴게요... 괜찮아요... 모두다 잊어버린다 해도... 설령 그런다 해도 괜찮아요... 내가 어디에 살았는지... 무얼 좋아했는지... 어떤 모습이었는지... 당신을 얼마만큼 사랑했는지... 그래요... 모두다 잊는다 해도 괜찮아요.

그래도 우린 다시 태어날 거고... 다시 몇 만 년 후엔 만날 테고... 사랑하게 될 테니까...

하지만 내 얼굴만은 잊지 말아요... 모든 걸 잊어버린다 해도 내 얼굴만은 잊지 말고 기억해 둬요... 그래야 몇 만년 후에 헤메이지 않고 날 알아 볼 수 있을 테니까... 이 사랑을 기억 못해도... 기다릴게요... 몇 만년 후 다시 만날 때까지 이 마음 이대로 당신을 기다릴게요...


3.

예전 누군가가 그랬어요... 잊고 싶은 게 있을 땐 담배 한 모금이 위로가 된다구요... 그래서 담배를 배워 볼까 해요... 그 사람이 알면 기겁을 하겠지만 요.

하지만 한 모금 연기 속에 아른거리는 그 사람의 얼굴이 사라지지 않을까요. 이렇게 복잡하고 답답하고... 그래서 더 아픈 맘을 위로해 주지 않을까요. 어쩜... 그 사람을 대신해 세상을 살아 갈 수 있게 해줄지도 모르잖아요.

좀 편히 숨 쉴 수 있게 될지도 모르잖아요.
그 사람을 잊고 싶어요... 그 사람에게서 벗어
나고 싶어요... 담배에 중독이 되어도 괜찮아
요... 그 사람을 잊을 수만 있다면... 그 사람
을 내 눈에서 지울 수만 있다면...

4.
왜... 대충대충 마음 맞는 사람 만나 그저 그
렇게 살수는 없는 거죠? 그렇게 많은 사람들
중에... 왜... 왜 한사람... 하필 유일한 그 한사
람이어야만 하는 거죠?

5.
다시 거짓말처럼 사랑한다고... 그럴 수 있는
또 다른 누군가가 있겠죠. 이 불쑥불쑥 찾아
오는 미련 같은 것도... 아무렇지 않게 여길
수 있는 그 누군가가 있겠죠...
그럼 이렇게 남아 있는 기억 같은 것도... 아
무렇지 않게 모두 다 잊어버린 것처럼... 할
수 있겠죠.

사랑이라고 느낄 수 있는 그 누군가가 생기면... 그럼 모두 다 사라져 버리겠죠. 내 맘에서 그는...

헤어진 사람에게 가장 좋은 선물은 잊어주는 거라고... 어느 드라마에서 주인공이 말했어요. 잊는다...그를... 가능할까요?

6.

매일 기도했어요... 그 사람과 마주치지 않게 해달라 구요. 같은 하늘아래 살고 있지만... 우연히 만나는 운명 같은 건... 제발 피해가게 해 달라고... 정말 간절히 기도했어요.

하지만 언제나 내가 간절히 원하는 건 내게서 너무 멀리 있었어요... 오늘 그를 봤어요... 우연히... 그 사람 때문에 싫어져버린 눈이 내리는 날... 어쩌죠...

7.

전 사랑이란 걸 하면... 아주 많이 행복할거라고 생각했어요. 정말 든든한 세상에서 제일인 back ground가 생기는 거니까요...

아주 사소한 것에도 싸우고... 마음 아파하고... 눈물 흘려도... 그건 내 사랑이 커 가는 과정이라고 생각했어요.... 내 안에 있는걸 하나하나 꺼내고... 내가 가진걸 모두 주어도... 조금도 아깝지 않고... 오히려 감사했던 것 또한... 그 사람의 사랑을 받고 있다는 고마움 때문이었어요...

그런데... 내가 가진 게 바닥이 났을 때... 내가 가진 마음도 모조리 다 써버렸을 때...

다른 사람의 사랑을 빌려서라도 주고 싶었을 때... 그가 서서히 등을 돌리기 시작했어요... 사랑한다고 말하지 않아도... 사랑한다고 선뜻 마음을 보여주지 않아도... 그에 사랑은 당연히 나 일거라고 생각했는데... 그가 내게서 등을 보이며 말했어요.

날 더 이상 사랑하지 않는다고... 그는 멈출 수 있다고 생각했어요... 멈출 수 있다면 사랑이 아닌데... 난 멈출 수 없는데... 그는 그럴 수 있다고 말했어요. 그럴 수 있다고...

8.
이렇게... 아파하면서도... 또다시... 우연을 바라는 나를... 오늘 발견했어요...

9.
사람은 향기를 지니고 산 데요... 그리고 그 향기 피우면서 살구요...
그 향기가 다 날아가면 그때 사람은 죽는가봐요. 그런데 어떤 사람은 죽어도 향기가 남는 사람이 있데요. 그리고 그 향기를 다른 이에게 옮기는 사람도 있구요... 그럼 그 좋은 향기가 영원히 퍼질 수 있겠죠...
나 그 사람의 향기를 알아요... 언제 어디서고 눈을 감으면 맡을 수 있어요... 그 사람과 나 우린 분명 같은 감정으로 살아요... 같은 슬픔... 같은 기쁨... 같은 향기를 지니면서... 그렇게 살 수 있어요.

10.
한동안 참 많이 아팠습니다.
떨쳐 낼 수도... 끌어안고 살아 갈 수도 없는

사랑 때문에.. 그 사람이 아님 안될 것 같은 이 가슴 때문에... 그러다 세상과의 절벽 끝에 섰습니다. 이 끈을 놓아 버리려고... 그리고 희뿌연 안개와 같은 기억만을 남기고 절벽 끝에서 돌아섰습니다.
그 사랑 없이도 살아 갈 수 있게 된 후... 그러다 선물을 하나 받았습니다.

to, 다시는 못쓰게 돼버린 가슴
from, 예전 그 사랑

예전에 그 사랑은 그저 안개로 밖에 떠오르지 않는데... 너무나 익숙한 향기 한줄기... 그 때 어쩔 수 없이 살아가는 내게... 살아갈 수 있는 길을 내어준 예전 그 사랑에 선물...

11.

아카시아 향기 같기도 하고... 들풀 같기도 하고... 은은한 난의 향기 같기도 하고... 내게 길을 물어보는 그에게서 예전 그 향기를 맡았습니다.

모습도... 목소리도... 눈동자도... 아무 것도 생각이 나지 않았지만... 또렷하게 내 가슴이 기억해 내고 있는 그 향기... 다시는 안 될 것 같은 가슴이 그를 바라보고... 좋아하고... 사랑하게 됐습니다.

그가 날 보았을 때 난 다시 숨 쉴 수 있었고... 그가 날 좋아한다 했을 때... 난 다시 세상 모든 것이 보였고... 그가 날 사랑한다 말했을 때 난 다시 사랑을 할 수 있었습니다...

잡을 수도... 묶어 둘 수도... 정말 어찌 할 수 없이 달려가는 내 사랑이... 조금은 겁이 났지만... 세상 모든 것이 내 편일 것 같았습니다.

보는 것만으로도 배부르다는 것을 알았고... 미소 하나로도 세상이 달리 보인다는 것을 알았고... '사랑한다'는 짧은 단어로도 숨을 쉴 수 있다는 것을 알았습니다.

예전 그 향기를 기억해내는 내 가슴이 한없이 고마웠고... 보잘것없고 초라해...

너무도 부족한 내 사랑을 감사히 받아 준 그가 고마웠고... 세상 모든 것에 감사했습니다.

12.

그가... 조금씩 돌아서는 연습을 하는 것 같았습니다. 아니 그가... 서서히 등을 보이기 시작했습니다.

날 바라보고 있었지만... 내 손을 잡고 있었지만... 알았습니다... 그가 돌아서려 하고 있다는 것을...

그러다... '널 더 이상 사랑하지 않는다' 그가 말했습니다.

내가 없이도 살아 갈 수 있다고... 전부라고 생각했지만... 이젠 멈출 수 있을 것 같다고... 아니 그럴 거라고... 아무 것도 할 수 없었습니다. 가라고... 가버리라고... 소리 칠 수도... 아니... 아니... 안 된다고, 애원 할 수도 없었습니다.

그냥... 그저 바라보고 서 있을 수밖에... 아니 뒤돌아서 마치 붙박이처럼 있을 수밖에 없었습니다.

보란 듯이 잊어 줄 거라고... 그래 잘 먹고 잘 살아라... 욕이나 한바가지 해 줘야지... 길에서 마주치기만 해봐라 따귀를 한대 갈겨 줄

거라고... 소리치고... 다짐하고... 체념하고... 그러다 우연을 기대하는 날 발견했고... 멈출 수 없는 내 가슴을 눈치챘고... 평생 떼어낼 수 없는 꼬리표라는 것을 알았습니다. 잊으려 해도... 정말 온 힘을 다해 노력해도...
결코 그럴 수 없다는 것을 느꼈습니다.
그냥... 정해진 운명이라 하기엔 너무도 버거운... 그저 체념하고 살아가기엔 너무도 간절한... 정말 어찌 할 수 없는 이 사랑...

13.
온 대지를 붉게 물들이는 노을과 코발트색 바다가 있는 곳으로 여행을 다녀왔습니다. 그리고... 잠시 동안이지만 그 사람도 잊을 수 있었구요... 다시 힘든 내 생활 속으로 들어왔습니다. 그 사람도 다시 내 기억 속에 살아났구요.
잊는다거나... 그럴려고 노력한다거나...
그런 말 같은 건 하지 않기로 했습니다. 설령 그렇게 말하고 믿는다해도... 그 사람은 내게 잊혀지는 존재가 아닐 테니까요...

그냥 자연스럽게 그 사람이 처음 내게 왔던 것처럼... 그렇게 서서히 내게서 잊혀지게 하려고 합니다. 그래야만 그 사람이 내게서 완전히 사라진 후에도... 가슴속 어딘가에 내 자신도 모르는 상처 같은 건 없을 테니까...

그리고 이젠 조금씩만 울기로 했습니다. 그 사람이 내게서 잊혀지는 동안 눈물로만 기억되면 안되니까.. 그 사람은 분명 내게 사랑이었으니까... 아주 조금씩... 아주 조금씩... 그 사람을 잊을 겁니다. 그러는 동안 힘들지 않았음 합니다... 그 사람을 잊을 겁니다... 이젠 정말로...

14.

시간이 지난 후에도 그 사람을 알아보면 어쩌죠... 아주 많이... 정말 아주 많은 시간이 지난 후에라도... 그 사람을 한눈에 알아보면 어쩌죠...

그 사람에 대한 미련도... 그 사람에 대한 기억도... 그 사람에 대한 사랑도... 모두 다 사라져 버렸는데도... 많은 인파들 속에 서 있는

그 사람을 알아 볼 수 있으면 어쩌죠... 그
럼... 정말 그러면 어떡해 하죠...
차라리... 눈이 멀었으면... 모든 걸 기억하고
있어도 눈이 멀어 그를 알아 볼 수 없었으
면... 정말 그럴 수만 있다면...

15.
오늘은 하루 종일 머리가 멍했어요... 그래서
밖엘 잠깐 나가 한참동안 서 있었죠. 햇살을
맞으며... 햇살이 참 따뜻했어요... 그래서 내
가 느끼는 이 따사로움을 그도 나와 같이 느
끼고 있으리라 위로하며... 꽤 오래 하늘을 보
며 서 있었어요... 온 몸 가득 고여 있는 이
눈물이 마르도록 느끼고... 만지고... 바라보
고... 아, 이 모든 것들이 언제쯤이면 평화로
워 질까요... 언제쯤이면...

16.
제가 그렇게 아는 척도 하지 말라고 했는데...
감기란 놈과 인사를 하셨다구요. 조심하시
지...

하긴 그놈을 마음대로 막을 수 없는 거죠. 사랑이라는 놈처럼... 그래도 감기란 놈은 의사에 처방을 받을 수 있지만 사랑이라는 건...

17.
해질 무렵에 친구를 만났습니다.
이런 저런 얘기들 헤아릴 수 없이 오고 간 술잔...
아주 많이 과장되게 웃고... 말하고... 행동하고... 이겨낼 수 없는 그 무엇 때문에... 내 주위의 모든 것에게 너무 소홀했던 것 같아...
미안하고 맘 아팠습니다.
하나밖에 생각할 줄 모르고... 그 하나에 미쳐 다른 것들은 보이지도... 생각지도... 못하는 내 자신이... 한심하다는 생각을 했습니다.
그 사람을 만났을 때도 아마 그랬을 겁니다...
그 사람만 외엔... 그 어떤 것도 제 관심 밖이 었습니다... 해를 따라가는 해바라기처럼...
어쩜 그게 그를 힘들게 했을지도 모릅니다...
아니 그랬습니다...

18.
그 사람을 잊지 못하는 것은... 멈출 수 없는
사랑 때문일까요... 아님... 술 취한 친구의 말
처럼 내 것이지 못한 집착 때문일까요...
참 마음이 아픈 하루였습니다 '악'소리가 날
만큼...
눈물을 흘리지 않고도 참 많이 울었습니다.
가슴속으로... 가슴속으로...

19.
전... 운명이란 것을 믿습니다... 이 길을 가야
하고... 이 일을 해야하고... 이 사람을 사랑해
야 할 운명... 그것이 가시밭길이고... 흙탕물
이고... 가슴 아파해야 하는 것이라도... 결코
비켜가거나 바꿔보려 애쓰지 않을 생각입니
다.
사랑해야 할 사람은 언젠간 반드시 만나 사
랑할 것이고... 혹 비켜 가는 것이 운명이고...
그렇게 정해져 있다면... 가슴 시리도록 아플
지라도... 따를 것입니다...

수천 수 만 명들 중 만난 사람... 아주 오래 전부터... 어쩜 내가 태어나기 전부터 만나도록 되어 있는 사람... 사랑하라고 때론 미워하라고 되어있는 운명... 그건 결코 한순간에 정해진 것이 아닐 겁니다.

산이 바위가 되고... 바위가 모래알이 되는 만큼에 시간동안 쌓이고 쌓여... 만들어진 것 일 겁니다. 그러기에... 때론 가슴 아프지만... 아름다운 것일지도 모릅니다... 그래서...

20.

그 사람은... 내가 있어 날 사랑한다고... 다른 이가 아닌... 나이기에... 날 사랑한다고 말하던... 사람이었습니다. 아침이면 반드시 해가 뜨듯... 봄이 되면 반드시 꽃이 피듯... 돌아보면 반드시 그 자리에 변함없이 있을 것 같았던 사람이었습니다. 그 사람만 사랑하다... 그 사랑 안에서 죽을 수 있을 것 같은 사람이었습니다.

내가 숨 쉬는 동안에도... 내 삶이 다하고...

한줌 먼지가 되어서도 사랑하고픈 사람이었습니다... 그 사람은...

21.
언제쯤이면 그 사람과 나... 웃을 수 있을까요?
우리의 사랑이 아름다웠다고... 살아가는 동안 서로에게 아주 많은 위로와 힘이 될 거라고... 고마웠다고... 웃으며 말할 수 있을까요?
정말 시간이 지나면... 아주 많이 세월이 흐르면... 거리에서 우연히 마주쳐도... 반갑다고... 그 동안 잘 지냈다고... 행복하다고... 웃으며 말할 수 있을까요? 언제쯤이면...

22.
오늘 하루... 그냥... 그냥... 힘이 없네요... 난 가만히 있는데... 세상이... 사람들이 날 그냥 안 놔두네요... 아니라고... 그냥 혼자 있게 내버려 달라고... 나 많이 지쳤다고.... 속으로는 막 그렇게 말하고 싶은데...

그 말조차 꺼낼 힘조차 없네요... 이럴 땐 정
말이지 먼지가 되어 어디론가 훌훌 떠나버리
고만 싶군요... 먼지가 되어...

23.
오늘 생일 선물로 수선화 하나를 받았습니다.
노오랗게 핀 꽃이 자꾸만 제 시선을 잡았습
니다. 아주 작은 화분 하나에도 제 마음이 온
통 이렇게 가는데... 그에게 가 있는 제 마음
을 쉽게 거둘 수 있을까요?

24.
...시계하나를 샀어요.
그와 헤어지고도 여전히 그를 중심으로 돌아
가는 제 시간을 이젠 찾고 싶었거든요.
시계에 태엽을 감듯... 한순간에 모든 걸 되
돌릴 수는 없겠지만... 24시간 중에 한번이라
도... 아님 1분에 한번이라도... 그것도 아님 1
초에 한번이라도... 온통 제것인 시간이 있겠
죠... 그렇겠죠...

25.

내게 남은 건 당신에 대한 외로움과 지친 내 육신과 더 이상 베일 곳 없는 내 상처뿐입니다. 눈을 감으면 더 선명해지는 당신... 눈을 뜨면 내 눈물

속에 담겨 얼룩져 내리는 당신... 가슴 한구석 웅어리져 있는 당신을 향한 그리움... 스스로 대견해하며 견뎌왔던 날들이... 이렇게 내 눈물같은 비가 내리는 날이면 어김없이 무너집니다.

머리 구석구석... 가슴속 틈틈이... 박혀있는 당신에 대한 것들을 모두 끄집어 놓아도... 한 움큼 밖에 되지 않는다는 것이... 날 또 이렇게 무너지게 합니다.

당신을 잊겠다던 지난 내 노력이 당신을 처음 본 비 내리던 그날 폭풍우 치던 그 날로 달려가는 내 마음 때문에 아무런 소용이 없어집니다. 이렇게 또 가슴이 '쿵'하고 떨어집니다.

'사랑합니다. 아직도 여전히 당신을 사랑합니다' 이 말이 하고 싶어...

빗방울 떨어지는 소리에 숨어 이렇게 웁니다. 오늘하루도... 내겐 당신에게서 한 걸음 멀어지는 것이 아니라... 당신에게로 한 걸음 더 다가가는 날이 되고 말았습니다.

26.
..........1330...

한동안 내 마음보다 내 발이 먼저 기억해 내던 숫자... 움칫 놀란 가슴에 세상 모든 것을 마비 시켜버리던 숫자... 난 아직 이 숫자에서 자유롭지 못합니다.
'이젠 잊어버렸다' 내 마음에게 최면을 걸고 매일 매일 살아가고 있지만... 이 짧은 숫자하나에 모든 것이 원점이 되고 맙니다. ...1330... 그에 집으로 가는 버스 번호... 오늘도 난 1330이라는 숫자가 박힌 버스 앞에서... 예전 그대로인 내 마음속 사랑을 보았습니다. 조금도 퇴색되지 않고... 조금도 바래지 않고... 조금 더 커져있는 사랑을...

27.

세상과 타협하는 법을 배워야겠습니다. 그냥 편하게 세상에 물들며 사는 방법... 남들과 똑같은 하늘을 보고... 공기를 마시고... 바람을 느끼고 웃고 울고... 때론 아닌 것도 옳다고 여기며... 때론 붉은 신호등에도 길을 건너듯 옳지 않더라도 행동을 하며... 세상사는 거 별거 아니다 여기며... 그냥 그렇게 사는 방법을 말입니다.

아주 사소한 것에도 온통 신경을 쓰며... 내 이성이 허락하지 않는 일들은 절대 하지 못하며... 단순하게 여기지 못하는 생각과 마음들 때문에... 세상과 쉽사리 어울리지 못하는 제 자신 때문에... 머리가 아픕니다... 머리가 아파 금방이라도 터져 버릴 것만 같습니다...

28.

잊었다고... 그 사람에 대한 기억 때문에 괴로워하는 일 같은 건 이제 없을 거라고 생각했어요. 하지만... 그 사람이 내게 선물한 프리지아 향기가 나는 날이면...

그 사람은 다시 내 곁에 머물러 있어요... 그리고 어김없이 마음이 시리구요... 그 사람을 사랑해야겠다고... 그 사람을 잊어야겠다고 말했던 그 눈부시고 아픈 봄이 또다시 왔어요. 너무나 맑은 하늘도... 너무나 이쁜 햇살도... 너무나 깨끗한 바람도... 내겐 아직 눈물이에요... 살아가는 동안... 이 밝은 봄이 내겐 내내 눈물이고... 아픔일 것 같아... 힘이 드네요... 아주 많이...

29.
인도에 가면 '천국의 강'이라 불리는 갠지스강이 있데요. 여인들은 빨래를 하고... 사람이 죽으면 화장을 하고... 몸이 더러워지면 목욕을 하기도 하는... 갠지스강이요... 그곳에서 목욕을 하면 욕심도 버리고... 마음도 버리고... 내 자신도 버릴 수 있데요.
오늘 청소를 하며 생각했어요.... 문득... 마음도 그랬으면 좋겠다구요. 먼지를 쓸듯... 방바닥을 닦듯... 더러운 빨래를 하얗게 만들듯... 필요하지 않은 물건들을 버리듯...

그렇게 마음도 손쉽게 정리 할 수 있는 것이었다면 좋겠다고... 그래서... 갑자기 인도가 생각이 났어요... 하늘에서 내려온 물 갠지스강을요... 이 마음을 버리고 싶었거든요... 정리되지 못하고 그래서 엉망진창인 이 마음을 깨끗이 버리고... 비우고 싶었어요... 며칠동안...

30.
자꾸 힘이 들어요... '사는 게 뭐 다 그렇지'하면서도... 이렇게 숨이 차도록 힘이 드는 건... 어찌 할 수가 없네요...

31.
내가 그랬어요... 그와 헤어진 다음날... 그에게 마지막이라며 걸은 전화에서... 아주 엉망으로 살아 줄거라구요. 만약 내가 잘먹고 잘 살아가면 당신 마음이 편할 테니까... 아주 엉망진창으로 살거라구... 그래서 우연이라도 날 보게 되는 날... 당신 맘 아주 많이 아프게 해줄거라구... 최악으로 살아 줄거라구...

내가... 내가... 그에게 그렇게 말했어요....
하지만... 그도 나도 알고 있었어요... 내가 그
러지 못한다는 걸... 아니 나보다 그가 더 알
았을 거예요. 내가 어떤 아인 거... 그가 나보
다 더 잘 알고 있었으니까요...
하지만 잘 빠지지 않는 손가락에 가시처럼...
그에게 내 말이 남아 있을 거예요... 그래서
가끔씩 '아'하고 따끔거릴 거구요... 그때마다
그 사람 많이 아플 거예요... 그 말 취소하고
싶어요... 내가 거짓으로 했던 말... 지금도 그
사람 아프게 하고 있을 그 말... 나 취소하고
싶어요...

..........................................................

오늘... 선배에게서 그의 소식을 들었어요.
많이 야위었더라고... 안 그래도 마른 사람 더
말랐더라고... 그 사람한테 미안해서 어쩌죠...
나 미안한 게 너무 많은데... 어떡해 하죠...

32.
화분이 하나 있었습니다.
자그마한 것이 안쓰러워 바람막이도 해주고...

물도 자주 주고... 영양제도 꽂아 주었습니다.
햇빛이 좋을 것 같아... 창문틀 해가 가장 잘
드는 곳에 자리를 내 주었습니다.
그런데 씩씩하게 자라야 할 화분이 시름시름
앓는 것 같았습니다. 잎도 누렇게 변하고...
꽃도 말라 버리고... 그런데... 물을 너무 많이
줘서 그렇다고... 햇빛이 너무 강하다고... 바
람을 막으면 안 된다고... 꽃집 아저씨께서 그
러셨습니다. 너무 사랑해서 그렇다고...

33.
살아가다 보면 선택의 순간이 생기죠. 이쪽이
맞을까 아님 저쪽길일까... 때론 틀린 길을 선
택할 수도... 옳지 않은 길을 가야할 때도 있
죠... 그때마다 이 길이라고 손을 내미는 사람
이 있었으면 좋겠어요. 전... 지금 갈림길에
서 있습니다. 이쪽인지... 저쪽인지 잘 모르겠
습니다. 머리와 마음이 서로 다른 방향을 보
고 있으니까. 그래서 아주 많이 복잡하고 답
답합니다.

34.

오늘 예쁜 버스정거장 벤치에 앉아 있으면서 그에게로 가는 길을 떠올렸습니다.

언제나 한정거장 먼저 나와 귀신같이 내가 탄 버스를 타던 사람... 모르는 척 뒷자리에 앉아 어깨를 똑똑 거리며 말을 건네던 사람... 차창 풍경만큼이나 버스 안 그 길을 설레이게 만들던 사람...

이젠 그 사람을 만나러 가는 버스를 탈수 없겠지... 그 길로... 그에게로 가는 그 버스를... 두렵습니다.

아무 것도 생각지 않고 욕심을 낼까봐... 두렵고... 무섭습니다. 그 길로 그에게로 가는 버스를 탈까봐...


35.

그는 소리내어 웃는 법이 없었습니다.

내가 방글거리며 얘기를 해도... 그냥 씨익~ 웃고 마는 사람이었습니다. TV개그프로나 재미있는 영화에서 기절할 만큼 웃기는 장면이 있어도 하하~ 그러는 사람이었습니다.

그런데 그 사람이 이를 들어내며 웃을 때가 있습니다. 내가 힘들어 때론 심통이 나 씩씩 대고 있으면... 내 앞에서 얼굴을 들이밀며 아주 크게 웃습니다.

'웃어, 이렇게... 넌 웃는 게 제일 이뻐... 그거 모르지. 이것보세요, 까마귀... 또 잊어버렸지... 웃으라고... 넌 웃는 게 제일 이쁘다니까...'라고 하이얀 이를 모두 보이며 얘기합니다. 오늘 그 웃음이 필요했습니다.

36.
며칠 전부터 감기 기운이 좀 있었는데... 이틀 동안 너무 심해져 끙끙거렸어요. 몇 달만에 있는 휴일이었는데도 계속 누워만 있었어요. 근데 혹시 그거 아세요. 감기에는 약이 없데요...

주사를 맞고 약을 먹는다고 해서 나아지는 게 아니래요. 단지 나을 거라는 믿음을 주는 거지... 혹 약을 먹고 괜찮아졌다고 느낀다면 그건 감기 스스로가 나아졌기 때문이지 약 때문은 아니래요.

그러니까 감기는 기다려야 한데요... 스스로
나아질 때까지... 사랑도 그런 건가봐요... 약
이나 주사 따위론 괜찮아지지 않으니까...
그럼 기다려야겠죠... 조금 괴로워도... 스스로
나아질 때까지...

37.
정지해 있는 것 같다가도 어느 순간 돌아보
면 시간은 저만큼 지나 있습니다. 생각도 마
음도 멈춰져 있는데... 시간만이 혼자 가고 있
는 것 같아...
왠지 모르게 마음이 무겁고 아픕니다. 이렇
게... 정지해 있는 거 저 하나로 충분하겠죠...

38.
조금은 비워 둘걸 그랬어요.
그 사람 내 운명이었어도... 혹 예고치 않은
이별이 있을 수도 있으니까... 아주 조그맣게
라도 틈을 만들어 둘걸 그랬어요. 그럼 온통
그 사람뿐인 이 가슴에... 다른 무언가를 넣을
수 있었을 텐데...

보고 싶어서... 너무 보고 싶어서 눈을 뜰 수
가 없다는 노랫말처럼 이렇게 온통 눈물이진
않을텐데... 오늘 그 사람이 너무 보고 싶었어
요. 눈에 보이는 모든 것에 그 사람의 얼굴이
그려질만큼요...
무관심해지려고 참 많이 노력하는데... 그런
데... 그게 잘 안돼요. 아주 사소한 일에도...
아주 작은 물건에도... 그 사람이 보여요... 마
음이 아파요... 너무 아프고 시려서 숨쉬는 것
조차 힘이 들어요...

39.
나... 그 사람... 그래서 우리(?)... 하고 싶은
게 많았어요. 나... 그 사람과... 하고 싶은 게
정말이지 차암... 많았어요.
매일매일 보고 싶었고... 하루종일 그 사람만
바라보고 싶었고... 헤어지는 시간이 싫어 그
에 웨딩드레스를 입고 싶었고... 맛있는 된장
찌개 끓여놓고 그를 기다리고 싶었고... 힘들
어 지친 그에 흙 묻은 발을 깨끗이 씻어주고
싶었고...

그 사람이랑 나랑 반반씩 닮은 예쁜 아이도
낳고 싶었고... 그가 밤새 힘들 때 잠깐 눈감
고 쉴 수 있게 어깨도 빌려주고
싶었고... 그 사람 늙어 가는 모습... 이마에
주름이 생기고... 머리가 희어지는 모습도 보
고 싶었고... 마지막이던 날 그에 손을 잡고...
고마웠다고 날 사랑해줘서 고마웠다고 말해
주고 싶었어요...
그런데 하고 싶은 거 하나도 못했어요. 아니
하나도 못해요. 이젠... 보고싶어 볼 수 없는
것보다... 그와 나... 이젠 아무 것도 함께 할
수 없다는 게 더 힘이 들어요... 힘이...

40.
며칠동안... 시골엘 다녀왔어요... 할머니께서
많이 아프셨거든요... 무서웠어요... 우리가족
에겐 아직 그분을 보낼 준비가 안됐거든요...
우리가족에게 시간을 주지 않고 떠나시면 어
떡해 하죠... 너무 무서워요...

41.

한때... 살아 있다는 게 참 버거운 짐이었던 적이 있었어요... 그래서 언제나 마지막을 생각하곤 했죠... 그러다 더 이상 버틸 힘이 없어졌어요.

그래서... 다시 눈을 떴을 때... 내가 얼마나 어리석은 바보였는지를 알았어요. 안개 같은 기억 속에 있는 날 발견했을 때 참 많은 후회를 했어요...

그리고 이젠 아무리 힘이 들어도 그런 생각 같은 건 하지 않아요. 마음과 생각이 같은 건 아니지만 잘 버티고 있고 내가 존재해야만 하는 이유들이 많으니까...

정지해 있는 것 같지만 뒤돌아보면 시간은 참 빨리 지나가죠. 그래서 지금 내가 서 있는 이 위치도... 금방 지나갈 거라고 믿어요...


42.
오늘 신문을 보니까 이런 말이 나오더군요.
"누구나 사랑의 기억을 마음속에 간직하고 있다. 하지만 피끓는 젊은이들의 사랑은 그 뜨거움만큼 이별의 고통도 크다.

오죽하면 '유리 조각을 삼키는 고통과 같다'
할까."
아휴~~~~~~~~~~~~~~사랑이 뭔지...


43.
누군가를 사랑한다는 게... 죄가 될 수 있다는
걸... 알았어요.... 우린 분명 사랑해야 될 운명
인데... 함께 일수는 없나 봐요...
그 사람... 그 사람 어머니가 쓰러지셨대요.
그 사람과 나... 우리... 이 바보 같은 운명 때
문에 그 사람 어머니가 아프시데요. 어쩌죠...
이제 어떻게 해야 하죠...


44.
그가 얼마나 미웠는지 모릅니다. 밉고... 원망
스럽고... 보고싶고... 아프고... 그립고... 왜냐면
버려졌다고 생각했으니까요.
그에게서... 그에 마음에서 버려졌다고... 그런
데 지금 난... 그냥 미워하다 아픈 체...

원망하다 보고픈 체... 때론 그리우면 그리운 대로 그렇게 숨 쉬는 게 나았을 것을...

시간이 지나면 괜찮을 거라는 위안으로 세월이 흐르듯 그렇게 내 마음도 흘러가 버릴 거라 믿으며... 또 다시 사랑이라 불리 울 수 있는 누군가가 있을 거라는 달램으로 살아가려 했는데...

아픈 영화 한편을 보고 있는 건 아닌지... 소용없는 바램을 가져봅니다. 뭘 어떡해야 하는 건지... 바로이지 못하고 자꾸만 비틀거려 집니다... 자꾸만...

45.

있잖아요... 세상 사람들 모두... 모두들 말이에요... 가슴속에 아픔 하나씩, 슬픔 하나씩 지니고 그렇게 사는 거 맞죠...

저만 바보 같아서 참지 못하고 이러는 거죠... 그러니까 저도 참고 견뎌내야 하는 거 맞죠... 이겨야 하는 거죠... 그런 거죠...

46.

몇 해전인가... 한 5년 전쯤 언니가 결혼을 하고 싶다며 누군가를 데려왔어요.

그런데 아버지가 절대 안 된다며 반대를 하셨죠. 전 이해가 되지 않았어요.

식사도 거르시면서 반대하시는 아버지... 그런 상황에서 헤어지려는 두 사람... 정말이지 이해 할 수가 없었어요... 아니 이해가 안됐어요....

그 오빠가 언니랑 함께 도망이라도 치길 바랬지만

결국 두 사람은 헤어졌죠. 그땐 정말 모든 게 이해되지 않았어요. 그런데... 그런데요... 저 지금 이해가 돼요... 그 사람이 내린 결정 저 이해해요.

우습죠... 우습지 않아요... 이해가 돼버린다는 게...이해가...


47.

그 동안 몸이 좀 아파서 시골엘 내려갔었어
요...빨리 서울로 다시 올라가야 할텐데...
아직은 깜깜하네요... 언제 다시 이곳을 오게
될지도... 아무래도 다음 검진 때나 올라 갈
수 있을 것 같아요....

48.
여긴 서울이에요... 병원에 들르는 것도 있
구... 실은 얼마 전에 할머니께서 돌아 가셨거
든요... 연세가 많으시긴 했지만 너무나 갑작
스러워서...
시골에 있으려니까 무섭기도 하고... 그립기도
하고... 그래서 며칠동안 서울에 있었어요...
그리고 내일은 다시 시골로 내려 가구요.
몸속에 있던 나쁜 놈을 제거하긴 했지만... 건
강이 좋지는 않다고 의사선생님이 그러시더
군요...
그래서 가긴 싫지만 다시 시골로 가야돼요.
언제나 올려나... 다음 검진 때나 올 수 있겠
네요...

건강하세요... 그게 제일인 것 같아요... 그게...

49.
비가 참 많이 내립니다. 내일 그 사람을 만나
러가요.
잠을 좀 자야 하는데... 잠이 잘 오지 않아
요...제게 용기를 주세요... 제게...

※ 이 글은 저자가 개설한 카페에 첫 번째 손님으
로 오셨던 '먼지'님께서 그 동안 편지처럼... 혹은
일기처럼 보내셨던 글들을 정리한 것입니다.
현재 몸이 안 좋아 수술을 받고 시골에서 요양을
하고 있는 것으로 알고 있습니다. 신속한 쾌유를
진심으로 기원하며, 앞으로는 육체뿐만 아니라 정
신적으로 더 이상 아파하질 않길 진심으로 기도해
드립니다.

## 바다 3

사랑이 눈물임을,
사랑이 고통임을 깨달은 후부터는
물질하는 물새들에게도
투망질하는 어부들에게도
괜히 빽빽 소리를 지르는 바다

그래도 바다에게 있어
울지 못할 외로움은 기다림
기다림은 만남을 전제로 하지 않아도
좋음을 알면서도
또다시 기다림을 배우는 바다

신(神)은 사랑을 받는 사람보다 사랑을 베푸는 사람 쪽에 더 가까이
있다.

바다 4

가끔은 사람들이 건네주는 술잔을
넙죽넙죽 받아먹다가
다음날까지 끙끙 앓기도 하지만
그래도 가슴 아픈 사람들이 찾아오면
차마 매몰차게 외면 못하는 바다

그러고 보면 이별은 사람들이 하고
그 벌은 죄다 바다가 받는 것 같다.

파랑새를 찾아 깊은 숲에도 가보고, 호화찬란한 궁전에도 가보았으
나 거기에도 파랑새는 없었다. 실망하여 집에 돌아오니, 집의 추녀
끝에 파랑새가 있었다. - 마테를링크, "파랑새" 중에서

## 경호의 선물

한바탕 출근전쟁을 치른 후의 전철 안은 거짓말처럼 한산해졌다.

손님이라고 해봤자 나를 비롯해 10여 명도 채 안 되는 것 같았다. 출판사에 넘길 원고를 가만히 끌어안고 있을 때였다.

문이 열렸다 닫히는가 싶더니 한 여자가 전철 안으로 절뚝거리며 들어왔다.

'세상에...'

\*

여자의 나이는 40대 초반 정도로 보였다.

한쪽 다리는 심하게 절고 있었으며 얼굴은 화상의 흔적이 너무 심해 차마 눈뜨고는 볼 수 없을 정도였다. 전절안 사람들은 미간을 찌푸리며 애써 시선을 외면했다.

여자는 잠시 망설이는가 싶더니 어깨에 멘 가방에서 껌 몇 개를 꺼내들며 어렵사리 말문을 열었다.

"저어..."

\*

여자는 지금껏 지하철 안에서 보아왔던 여느 걸인들과는 사뭇 다른 느낌이었다.

자신의 기구한 처지를 장황하게 늘어놓거나 과장된 모션을 취해 손님들의 동정심을 유발시키지 않았다.

그저 자리에 앉아있는 손님들 앞에 껌 한 통씩을 조용히 내려놓을 뿐이었다. 하지만 누구 하나 선뜻 껌을 사는 사람은 없었다.

'한심하군... 저래서야 어디 밥이나 제대로 빌어먹겠어...'

\*

여자는 잠시 후 내 앞으로 다가왔다.

짧은 시간동안이었지만 적잖은 고민에 사로잡혔다. 오늘은 출판사로 중요한 원고를 계약하러 가는 날이다.

그런데 아침부터 걸인 비슷한 잡상인과 마주한다는 것이 그다지 유쾌하지가 않았다.

그렇다고 나마저 몰인정하게 외면하자니

여자가 너무 가여울 것만 같았다. 더구나 여자는 오늘 처음 물건 팔러 나온 것 같았다.

들고 있던 신문지를 바짝 잡아당기며 두 눈을 감은 상태에서 잠시 망설이고 있을 때였다. 여자가 내밀었던 껌을 성급히 가져가며 나지막이 말했다.

"죄...죄송했습니다..."

*

여자를 다시 본 것은 그로부터 약 1주일 후였다. 출판사에 최종 탈고한 원고를 전해주기 위해 서울행 1호선 국철을 탔을 때였다.

그녀는 지난번처럼 승객들을 상대로 껌을 팔고 있었다.

사람들의 반응은 전과 마찬가지로 여전히 냉담했다. 하지만 그녀는 조금도 실망하거나 낙담하는 표정을 짓지 않았다. 오히려 더 밝게 웃으며 인사의 말을 건네는 것 또한 잊지 않았다.

"죄송했습니다... 오늘 하루 좋은 일만 있으세요..."

*

전철이 부천역에 막 정차하려 할 때였다.

주머니에서 1천 원짜리 지폐 한 장을 움켜쥐고 있는데 갑자기 저 멀리서 호루라기 소리가 요란하게 울려 퍼졌다.

잡상인 단속반원들이 뜬것이다. 그녀가 깜짝 놀라는 사이 가방에 들어있던 껌 통은 바닥으로 쏟아져 버렸다.

순간, 계속 딴전을 피듯 그녀를 외면하고 있던 사람들의 시선은 일제히 바닥으로 쏠렸다. 말은 하지 않았지만 승객들 모두 몹시 안타까운 표정들이었다.

여자가 달려오는 단속반원들과 바닥에 떨어진 껌 통을 번갈아 쳐다보며 어쩔 줄 몰라하고 있을 때였다. 아주머니 한 분이 바닥에 떨어진 껌 통을 주워들며 승객들을 향해 소리쳤다.

"지금 뭣들 해요?"

*

전철에 탄 승객들은 누가 먼저라 할 거 없

이 허리를 숙여 자신 앞에 떨어진 껌 통을 줍기 시작했다.

맞은편에 앉았던 젊은이들 둘은 그 사이 단속반원들이 못 넘어오게 칸막이 문을 있는 힘껏 붙잡고 있었다.

울먹이던 여자의 얼굴에는 어느새 안도감과 함께 엷은 미소가 미세하게나마 번지기 시작했다.

바닥에 떨어진 껌 통을 거의 주위 여자의 가방에 다시 넣어 주었을 때였다. 여자가 갑자기 울음보를 터뜨렸다.

여자가 들고 있던 가방엔 껌뿐만 아니라 천 원짜리 지폐도 제법 수북이 쌓여있었다.

나를 비롯하여 전철 안에 있던 거의 모든 사람들이 껌을 주우면서 자신의 주머니에서 지폐 한 장씩을 꺼내 함께 바구니에 넣은 것이다.

"여... 여러분 고...고맙습니다... 정말로..."

  *

그로부터 약 1년여 동안 난 여자를 볼 수

없었다. 글을 쓴다는 핑계로 잠시 시골에 내려가 있었기 때문이었다.

무더운 여름이 지나고 조석으로 찬바람이 솔솔 불어오던 어느 초가을이었다.

난 참으로 오랜만에 그녀의 모습을 볼 수 있었다. 시골에서 올라와 그동안 집필한 원고를 들고 출판사로 가던 길이었다.

그녀의 옆구리엔 전에 없던 낡은 중고 카세트 하나가 매달려있었다.

그곳에선 귀에 익은 찬송가가 쉴 새 없이 흘러나오고 있었다.

그리고... 그녀의 등 뒤엔 내 눈을 의심케 하는 전혀 뜻밖의 것이 매달려 있었다.

아기였다. 그것도 이제 갓 돌을 넘긴 듯한 갓난아기...

'그... 사이에 애를 낳았나...'

＊

시간이 지나면서 아이는 몰라보게 성장해 갔다. 마치 밤낮없이 물만 빨아들이고 있는 시루 안 콩나물처럼...

반면, 그 아이를 등에 업고 다니는 그녀는
그에 비례하여 점차 힘에 부쳐하기 시작했다.

얼굴에선 땀이 마를 날이 없었고, 절뚝거리
는 다리는 금방이라도 무너져 내릴 것처럼
위태롭기만 했다.

그럴 때마다 승객들 중 나이 지긋한 어르
신들은 탄식하듯 혼잣말처럼 이렇게 중얼거
렸다.

"저 놈이... 지 에미를 잡네, 잡어..."


\*

아이가 저 혼자 충분히 걸어 다닐 수 있을
정도로 성장했지만 그녀는 여전히 그 큰 아
이를 등에 업고 다녔다. 놀이기구라도 탄 것
처럼 연신 몸을 뒤척여대는 그 큰 아이를...

그녀는 껌을 파는 도중에 얼마나 힘에 부
쳤던지 몇 번이나 바닥에 털썩 주저앉곤 했
다.

그때마다 아이는 그녀의 머리카락을 쥐어
뜯으며 말 타는 흉내를 내기도 했고, 빨리 일
어서라며 양 볼을 잡아당기기도 했다.

그래도 그녀는 아이를 바라보며 행복한 미소만 지어보였다.

'저 여자, 저거... 아무리 자식이라지만...'

　*

　이제 승객들은 머리가 유난히 크고 뚱뚱하게 생긴 사내아이가 전철 안에 나타나면 으레 그녀가 뒤이어 등장할 것이라 지레짐작했다.

　녀석은 커가면서 정말이지 아무도 못 말릴 천하의 개구쟁이로 변모해갔다.

　저 혼자 신나서 노래를 부르기도 하고, 요즘 한창 잘 나가는 개그맨 흉내를 내기도 했다. 그리고 또 어느 때는 승객들을 상대로 엉덩이춤을 추어보이기도 했다.

　그러면 승객들은 크게 웃으며 큰 인심 쓰듯 모자가 파는 껌을 하나씩 사주고는 했다.

　"허허, 고놈 참! 하는 짓마다 어쩜 저리도 앙증맞고 귀여울까?"

언제부터인가 전철을 타면 주변부터 두리
번거리는 버릇이 생겼다.

녀석을 찾기 위해서다.

아직 제대로 말 한 번 붙여 보지는 못했지
만 녀석을 보면 이상하게 기분이 좋아졌다.

하지만 어느 때는 녀석이 무심결에 저지른
행동 하나 때문에 무척이나 안타깝고 속상한
적도 있었다.

녀석은 전철 안에서 또래 아이들을 발견하
면 자신이 먹던 과자나 초콜릿 등을 주저 없
이 내어주곤 했다.

그러면 그때마다 곁에 있던 엄마들은 기겁
하며 빽 소리를 질렀다.

"야, 너 저리 못 가! 더럽게..."

난 그때마다 순간적으로 그녀의 눈을 바라
보게 된다. 그러면 그녀의 눈망울은 순간이기
는 하지만 심할 정도로 흔들리곤 했다.

녀석은 분명 한없이 불쌍하고 가여운 그녀에게 보내준 하나님의 가장 값진 선물이자 기쁨이 틀림없었다. 그러면서 그녀의 고된 삶을 더욱 힘겹게 만드는 무거운 십자가이기도 했다.

그러던 어느 늦은 가을이었다.

갑자기 잡상인 단속반원들이 나타나 그녀를 막 전철 밖으로 끌어내리려 할 때였다.

녀석이... 그 코딱지만 한 녀석이... 단속반원들의 앞을 떡 하니 가로막으며 이렇게 소리쳤다.

"저리 가! 우리 엄마야! 누구든 우리 엄마한테 손만 대면 내가 그냥 안 둘 거야"

*

강원도에 첫 눈이 내렸다는 소식이 들려왔다. 그런데 그 후로 어쩐 일인지 두 모자의 모습이 더 이상 보이지 않았다.

'혹시 두 사람에게 무슨 일이...'

그들의 행방에 대해 은근히 걱정하던 어느 추운 겨울날 아침이었다.

그동안 계속 보아왔던 1호선 국철이 아닌 2호선 교대 역 앞 계단에서 우연히 녀석을 보게 되었다. 녀석은 차가운 바닥에 쪼그려 앉아 껌을 팔고 있었다.

그 동안 전혀 씻지를 안아서 그런지 아니면 동상에 걸려서 그런지는 몰라도 손과 얼굴 등이 새까맣게 죽어있는 상태로...

난 녀석을 일단 근처 포장마차 안으로 데리고 갔다. 그런 후 따뜻한 우동 한 그릇을 시켜주며 물었다.

엄마는 어디 가고 왜 너만 혼자 나왔느냐고... 그러자 녀석이 울먹이며 그런다.

"엄마... 지금 아파... 아주 많이..."

\*

하루 종일 아무 것도 먹지 않았다는 녀석은 김이 모락모락 나는 우동을 보자 허겁지겁 입안으로 밀어 넣기 시작했다.

그러나 그것도 잠시... 갑자기 멈칫하더니 들고 있던 나무젓가락을 슬그머니 바닥에 내려놓았다.

너무 배가 고파 아무 생각 없이 우동을 먹기는 했는데... 집에 혼자 두고 온 엄마가 불현듯 생각난 듯싶었다.

난 눈물이 그렁그렁 맺혀있는 녀석을 보며 잠시 생각에 잠겼다.

녀석과... 그녀와... 무슨 인연인지는 모르겠지만 이제 내가 그들을 위해 무엇인가를 해줘야 될 때가 온 거 같다는... 왠지 그래야만 될 거 같다는...

"배고프면 더 먹어... 엄마 걱정은 하지 말고..."

*

생전 처음 쪽방이라는 것을 보았다.

한 평반 정도 될 듯한 방안에는 허름한 집기 약간과 낡은 이불 두 채, 그리고 중고 TV 한대가 전부였다.

거기에다 실내임에도 불구하고 바깥 공기보다 더 차가운 냉기가 숭숭 뿜어져 나오고 있었다. 그녀는 심한 몸살감기에 영양실조까지 겹친 상태 같았다.

그 비대한 몸에 영양실조라니...

우선 연탄을 사다 불을 지피고, 근처 철물점에서 사온 문풍지로 찬바람이 들어오는 창문 틈을 틀어막았다.

그러자 냉랭하던 방안엔 아쉬운 대로 약간이나마 훈기가 돌기 시작했다.

"휴~ 이제 좀 사람 사는 집 같네."

*

그녀는 따스한 죽과 감기약을 먹이기가 무섭게 또다시 깊은 잠에 빠져들었다.

아마도 속이 허해서 더 처지는 것 같았다.

녀석에게 내일 다시 찾아오겠다는 약속을 하고 막 자리에서 일어서려 할 때였다.

산지 얼마 되어 보이지 않는 돼지저금통과 옆구리에 청색반창고가 붙어 있는 돼지저금통이 낡은 TV 위에 나란히 놓여 있는 것이 보였다.

얼핏 봐도 새 돼지저금통엔 동전만이 절반 들어 있었지만 반창고가 붙어있는 낡은 돼지저금통엔 지폐도 꽤 많이 들어 있는 것 같았

다. 난 싱긋 웃으며 지나는 말처럼 녀석에게
한마디 했다.

"우와, 너 되게 부자다! 돼지저금통이 두
개나 되고…"

*

녀석은 아무 말 없이 고개를 한 번 저었다.
그러더니 동전만이 들어있는 새 저금통을
손으로 가리키며 그런다.
저건 자기 엄마 거라고…
자기 엄마… 그 동안 전철 안에서 사람들에
게서 껌을 팔 때마다 지폐는 생활비로 쓰
고 동전은 따로 저 돼지저금통에 모았다고…
그런 후 저금통에 동전이 가득 차면 그 돈
으로 떡국을 사서 쪽방에 사는 이웃들에게
식사대접 해주었다고…
자기들도 비록 가난하여 하루 세 끼 입에
풀칠하기도 힘든 형편이지만 도움을 받았으
면 당연히 남에게 베풀며 사는 것이 인간의
도리라면서…

왠지 모르게 코끝이 찡해지는 느낌이었다.

녀석에게 다시 물었다.

그럼 그 옆에 청색반창고가 붙어있는 지저분한 돼지저금통은 또 뭐냐고...

그러자 녀석은 대답은 안하고 알 듯 모를 듯한 미소만 살짝 지어보였다.

"그건... 비밀이야, 비밀... 히히..."

\*

녀석의 이름은 경호였다.

우린 금세 친구가 되었다.

유난히 붙임성 많던 경호는 날 친형처럼 잘 따랐다. 나 역시 어려운 환경에서도 웃음을 잃지 않고 씩씩하게 살아가는 녀석을 그 누구보다 예뻐해 주었다.

봄이 다시 찾아오고 남쪽 나라에 꽃이 피기 시작한다는 뉴스를 막 접할 무렵이었다.

시골로 내려가 경호와 그녀를 소재로 한 소설을 어느 정도 써 나가고 있는데 한 통의 전화가 걸려왔다. 잔뜩 젖어있는 전화 속 목소리의 주인공은 뜻밖에도 그녀였다.

"도... 도와주세요... 저를 좀..."

*

경호의 생모가 나타났다고 한다.

그러면서 그동안 아무에게도 말하지 않았던 경호에 관한 비밀을 담담하게 털어놓기 시작했다.

사실 경호는 자신의 아이가 아니라고...

어느 날, 전철역 화장실 안에 버려져있던 것을 자신이 발견하고는 지금껏 남몰래 데려다 키운 것이라고...

그런데 그동안 한 번도 찾지 않았던 생모가 어떻게 알았는지 갑자기 나타나 경호를 자신이 데려가겠다고 한다는 것이다.

"그 앤... 제게 전부예요... 그 애가 없으면 전... 전..."

*

그녀의 간절한 울부짖음에도 불구하고 경호는 얼마 후 생모의 집으로 보내졌다.

보내졌다기보다는 일방적으로 빼앗겼다는

표현이 더 정확할 것 같다.

그녀는 더 이상 살려고 하지 않았다.

그저 무기력하게 방안에 누워 물 한 모금 입에 대지 않은 채 시름시름 야위어만 갔다.

처음 한동안은 경호 이름을 부르며 헛소리 하고... 미친 듯 울부짖기도 하고... 마른 가슴 을 쥐어뜯으며 괴성을 지르더니... 시간이 지 나면서 모든 것을 체념한 듯 자리에 누워 말 없이 눈물만 떨구기 시작했다.

착한 그녀... 너무도 착한 그녀다.

그렇게 고통스럽고 힘들어하면서... 경호가 보고 싶어 밤마다 피눈물을 토해내면서... 하 루는 내게 그런다.

"우리 경호... 그래도... 보내줘야겠죠? 그 애를 위해서는... 아무 것도 해줄 수 없는... 가난하고 바보 같은 엄마보다는... 이런 열악 한 환경에서 살아가게 하기보다는...

그 쪽으로 보내... 그래서... 한번 만이라도 인간답게 살도록 하는 것이... 그런 것이... 아 무래도..."

*

초복 지난 지 약 보름정도 흘렀을 무렵이었다. 고심 끝에 경호의 생모를 또다시 찾아갔다. 그녀는 비록 작고 아담했지만 입주한지 얼마 되지 않은 임대아파트에 살고 있었다.

난 그녀에게 경호를 예전처럼 키워준 엄마에게 되돌려주면 안되겠냐고 부탁했다.

이미 수차례 완강한 거절을 당했기에 이제 정말 마지막이란 생각으로 별 기대 하지 않고 말했다. 그런데...

"경호가... 경호가 원한다면... 그렇게 해요.. 그 애가 행복할 수 있다면..."

뜻밖에도 생모는 경호의 선택을 존중해주겠다고 했다.

얼마 후, 세 사람은 한 자리에 모였다.
그리고 그 자리에서 경호의 의견을 물었다.

"그래, 경호는 지금의 엄마와 예전에 살던 엄마 중에서 누구와 살았으면 좋겠어?"

*

경호는 그녀와 생모 사이를 번갈아 보며

쳐다보았다.

난 녀석이 주저 없이 그녀를 선택하리라 확신했다. 그런데 경호 녀석... 어쩐 일인지 망설이는 표정이 역력했다.

그동안 그녀와 껌 팔러 다니며 사람들에게 수없이 치이고 무시당하며 살았던 경호다.

그러다 이제 겨우 사람답게 사는 생활에 막 길들여지려던 참이었는데...

그 모든 것을 포기하고 가난하고 힘겨웠던 어두운 과거의 삶 속으로 다시 되돌아간다는 것이 생각처럼 그리 쉬운 일은 아닐 듯 싶었다. 그래도 난 경호를 믿고 싶었다.

지금껏 그녀가 경호를 위해 자신의 모든 것을 아낌없이 다 주고 희생했던 것처럼... 이제 경호도 그녀를 위해 무엇인가를 해 줄 때가 된 듯싶었다.

고개 떨구고 있는 상태에서 잠시 두 눈을 감고 있는데 경호가 다소 떨리는 음성으로 서서히 말문을 열기 시작했다.

"난... 지...지금이 좋아... 거지로 살던 예전으로 돌아가고 싶지 않아... 죽어도..."

\*

난 그 후 고향 당진으로 내려갔다.

부모님이 하시는 농사일을 도우며 잠시 휴식을 취하고 있을 때였다.

경호 생모로부터 한 통의 전화가 걸려왔다.

꼭 할 말이 있다면서 한번 올라와 주면 안 되겠냐고 했다.

전화를 끊은 후 물끄러미 고개를 돌렸을 때였다.

저 멀리 언덕 위에 있는 작은 교회에서 낯익은 캐럴송이 은은하게 흘러나오고 있었다.

'가만... 그리고 보니 내일이 벌써 크리스마스날이네...'

\*

전날, 하늘이 유난히 낮게 내려왔다 싶더니만 새벽부터 눈발이 날리기 시작했다.

난 서둘러 서울로 향하는 첫 버스에 몸을 실었다. 창밖을 바라보니 참으로 많은 기억들이 아련한 흑백 영화의 한 장면처럼 스쳐지나갔다.

전철 안에서 그녀를 처음 보았을 때의 기억부터 담담하게 생모를 선택하던 경호의 마지막 모습까지...

'세상엔 이런 인연도 다 있구나' 생각하니 피식 웃음이 새어 나오기도 했다.

버스가 동서울터미널에 도착했을 땐 눈이 하도 많이 와 걷는 것조차 힘겨울 정도였다.

"경호야~ 형아 왔다. 문열어!"

*

초인종을 서너 번 정도 길게 눌렀을 때였다. 그녀의 생모는 내가 누군지 확인하더니 안으로 들어오라고 했다. 집안은 지나칠 정도로 깔끔하고 단정하게 정돈되어져 있었다.

'이 여자 결벽증이 있나...'

거기에다 그 동안 불 한 번 지핀 적이 없는 것처럼 실내 공기는 무척이나 냉하면서 건조했다.

소파에 앉아 꽁꽁 얼어붙은 손을 비비고 있는데 경호 생모가 커피 두 잔을 타 가지고 내 앞에 다시 나타났다.

난 김이 은빛 실안개처럼 피어오르는 커피 잔을 양손으로 끌어안으며 조심스럽게 물었다.

"겨...경호는... 지금 집에 없나요?"

*

그녀는 대답대신 보일 듯 말듯 살짝 입 꼬리를 말아 올렸다.

웃음을 보이려 하는 것이 틀림없었다.

하지만 그 웃음이라는 것이 쉽게 설명이 안 될 정도로 무척이나 어색하고 쓸쓸한 것이었다. 그런데 그것도 잠시...

아무 말 없이 커피 잔에 입을 갖다대던 그녀가 갑자기 털썩 고개 떨구며 울기 시작했다.

처음에는 어깨만 약간 들썩이는가 싶더니 나중엔 아예 통곡을 했다.

그렇게 얼마를 섧게 울었을까.

그녀는 말없이 방안에서 쇼핑백 하나를 들고 나왔다. 그러더니 내 앞에 내려놓으며 정말이지 힘겹게 말문을 열었다.

"우... 리... 겨...경호... 죽었어요... 얼마 전에..."

*

우린 커피를 다 마실 때까지 단 한마디의 말도 하지 않았다.

기나긴 침묵을 먼저 깬 것은 그녀였다.

사실은 경호...

생모를 만난지 얼마 되지 않아 갑자기 쓰러졌다고... 큰 병원에 가서 검사해 보니 악성 종양이 이미 온 머리에 퍼진 후였다고...

"처음에는 이 사실을 경호에게 숨겼어요. 하지만 얼마 가지 못해 경호도 결국 알게 되었죠..."

그러면서 그런다. 그 전에는 자신을 키워준 엄마가 보고싶다며 매일 같이 밥도 안 먹고 울기만 하더니... 그 사실 알고부터는 만나게 해주겠다고 해도 오히려 싫다고... 자기가 아프다는 사실 알게 되면 키워준 엄마가 많이 속상해 할거라고... 그러니 자신이 아프다는 사실을 절대로 알려서는 안 된다고...

그 어린것이 수도 없이 신신당부하고 부탁을 했었다고 한다.

그래서 마지막 선택의 순간에 생모를 선택했던 것 역시... 자신이 죽을 것을 이미 알고는... 키워준 엄마에게 슬픔을 주지 않기 위해 그리 말한 것이라고...

그것 때문에 눈을 감는 그 순간까지도 키워준 엄마에게 미안해했었다고...

용서를 빌며 떠났다고...

'아, 경호... 이 나쁜 놈아!'

*

경호 생모가 건네준 쇼핑백을 조심스럽게 열어보았다.

안에는 경호가 쓴 듯한 몇 통의 편지와 토끼 모양의 분홍색 머리핀 그리고 언젠가 경호의 집에서 본 적이 있는... 옆구리에 반창고가 덕지덕지 붙어있는 큼지막한 돼지저금통 하나가 다소곳이 들어있었다.

난 망설이다가 편지를 순서대로 꺼내 조심스럽게 읽기 시작했다.

금세 눈가가 흐려져 갔다.

기분 같아서는 소리 내어 울고만 싶어졌다.

경호 녀석이 너무 어른스러워서...

녀석의 그 해맑은 웃음이 너무도 그리워
서...

'아, 경호야...'

## 경호의 편지1

형아, 나야 경호, 경호 말야.

지금 여기가 어딘 줄 알아? 병원이야 병원... 아픈 사람들이 오는 곳 말야... 히히.

어제 새로 새긴 친구들과 놀다가 갑자기 쓰러졌어... 눈앞이 깜깜해지면서 고장난 텔레비전처럼 치지직거리기만 할 뿐 아무 것도 안 보였어.

얼마의 시간이 지났는지는 잘 모르겠는데... 누군가가 그러는 거야.

"경호야, 괜찮니? 눈 좀 떠봐. 엄마야, 엄마..."

난 우리 엄마가 온 줄 알고 얼릉 두 눈을 떴어. 근데 진짜엄마 대신 새엄마가 내 손을 꼬옥 잡고 있는 거야.

진짜 우리 엄마였으면 훨씬 더 좋았을 텐데... 지금 내가 앓고 있는 병도 깨끗이 나을 것만 같았는데... 전에도 내가 아플 때 우리엄마가 '엄마 손은 약손' 하면서 아픈 곳을 쓰다듬어 주면 금세 말짱해지고 그랬었거든... 히히.

## 경호의 편지2


형아!

옆 병실에 있는 연희누나가 그러는데...

내 몸 안엔 지금 주먹보다 더 큰 혹이 들어 있대...

난 정말 괜찮은데... 지금 날 아프게 만들고 있는 병에 걸리면... 잘못하면 죽을지도 모른대...

나중에 내가 어른이 되면 돈 많이 벌어서... 불쌍한 우리 엄마 맛난 음식도 많이 사주고... 예쁜 옷도 사주고... 음... 한 겨울에도 뜨거운 물이 펑펑 나오는 그런 좋은 집에서 살게 만들고 싶었는데... 그런다고 약속했는데... 이를 어쩌지...

형아, 나 이러다 엄마한테 사랑한다 말도 못해보고... 갑자기 죽으면 어떡하지...

경호의 편지3


　형아, 지금 내가 젤 힘든 게 뭔지 알아?

　먹기 싫은 알약 먹는 것보다... 대꼬챙이만큼이나 크고 무서운 주사 맨날맨날 맞는 것보다 백 배... 아니 천 배 더 참기 힘든 게 뭔지 알아?

　그건 우리 엄마 보고 싶은데... 안 그런척하며 꾹꾹 참고 사는 거야...

　이건 형아한테만 처음으로 말하는 건데... 나... 사실은 새엄마 집으로 온 뒤부터 우리 엄마보구 싶어서 잠들기 전에 맨날맨날 이불 뒤집어쓰고 울었어...

　근데도 새엄마한테 아무 말도 안했던 건... 내가 죽을병에 걸렸다는 사실을 우리 엄마가 알면 엄청 많이 속상해할 것만 같아서... 그래서 깨끗이 나은 다음에 만날려구... 넘넘 보고 싶은데도 지금껏 꾹꾹 참고 견딘 거야...

　그런데... 그런데...

## 경호의 편지4

형아, 병원에 누워있는데... 텔레비전에서 무서운 것이 나왔어...

대구라는 곳에 있는 전철에서 불이 나서 엄청 많은 사람이 죽었대. 설마 우리 엄마... 그곳으로까지 껌 팔러 간 건 아니겠지? 혹시라도 그곳에 갔다가 죽기라도 한 건 아니겠지?

형아, 사실은 오늘... 뉴스를 보다가 엄마가 넘넘 걱정되고 보고 싶어서 연희 누나한테 동전을 빌렸었어. 엄마한테 전화를 걸려고 말야...

근데... 가만히 생각해 보니까 우리 집엔 전화가 없는 거 있지... 그래서 전화기에 대고 맘속으로만 엄마에게 말했어...

경호 보구 싶다구 바보처럼 맨날맨날 울지 말구... 귀찮아도 밥 잘 챙겨 먹으라구... 추운 방바닥에서 그냥 자지말구 가끔 연탄불이라도 피우며 자라구...

글구... 전철 안에서 나쁜 애들이 엄마보구 괴물이라구 놀려도 속상해하지 말라구... 내가 나중에 건강해지면 그 놈들 죄다 흠씬 두들겨 패주겠다구 말야...

다신 엄마 앞에서 그런 못된 짓 못하게 말야...

경호의 편지5


형아, 바보 같은 우리엄마...

지금쯤 아마... 잠도 못하고... 막 울고만 있을 거야...

전에도 이렇게 비가 내리고... 날이 차가워지면... 다리가 아프다구... 불에 탄 얼굴이 막 땡기구 찢어질 것처럼 아프다고... 잠도 못 자고 눈물만 뚝뚝 흘리구 그랬었거든... 어린애처럼...

그럴 때마다 내가 옆에서 다리를 주물러주구... 옆집에서 얼음을 얻어다 얼굴을 찜질해주고 그러면... 금세 괜찮아지곤 했었는데...

형아! 이런 생각하면 안되겠지만... 혹시라도 말야... 그러니까 이건 그냥 하는 말인데... 나... 먼저... 하늘나라로 가면... 우리 엄마... 넘넘 불쌍한 우리 엄마... 형아가 잘 좀 챙겨주고... 지켜 줘...

바보 맹꽁이 같은 우리 엄마... 너무 착하기만 한 우리 엄마... 아마 나 죽은걸 알면 밥도 안 먹구... 맨날맨날 울기만 할거야...

그러니까 진짜루 내가 죽어도 우리 엄마한
테는 절대로 말하지마... 죽을 때까지 형아랑
새엄마만 아는 비밀로 해줘... 알았지... 약속
이다... 약속...

## 경호의 편지6

형아, 오늘 새엄마가 다니는 교회 목사님과 집사님들이 병원에 다녀가셨어.

나 며칠 있다 수술하거든... 그래서 무사히 수술을 마치라구 기도를 해주시러 온 거야...

형아, 기도가 모두 끝났을 때 목사님이 내게 물으셨어. 지금 소원이 무어냐구... 딱 한 가지만 말해 보라구... 그럼 하나님께서 들어 주실 거라구...

그래서... 그래서 말야... 예전에 내가 엄마 버리고 새엄마에게로 와서 날 나쁜 아이라고... 배신자라고 욕해도 하나두 속상하지 않을 것 같았다구...

그냥 아픈 나 때문에 엄마가 바보처럼 울지만 않았으면 좋겠다구 생각했었는데... 근데... 지금은 아니라구... 엄마가 나 미워하지 않았으면 좋겠다구... 내가 하늘나라에 가더라도... 날 엄마의 아들로 기억해줬으면 좋겠다구...

엄마가 날 미워하고 잊는다고 생각하면 가슴이 넘넘 많이 아플 것 같다구...

사실은 이렇게 말하고 싶었는데...

그냥... 우리 엄마... 나 없어도 아프지 말구 오래오래 행복하게 잘 살았으면 좋겠다구... 그랬으면 좋겠다구 그랬어...

형아, 나 잘한 거지... 그치?

## 경호의 편지7

형아... 경호... 내일이면 수술을 해...

혹시 경호 수술하다 잘못돼서 죽으면 말야...

그래서 하늘나라로 날아가면 말야...

돼지 저금통 뜯어서... 그 돈으로 우리 엄마 큰 병원에 좀 데려가 줘...

그래서 불에 데기 전의 예쁜 모습으로 고쳐 줘...

우리 엄마... 그동안... 얼굴에 난 상처 때문에 많이 속상해하고... 또 숨어서 엄청 울었거든...

저금통에 있는 돈은... 경호가 엄마 얼굴을 수술시켜주기 위해서 그동안 자장면, 통닭 먹고 싶은 거... 근사한 옷과 신발 사고 싶은 거... 로봇 장난감 사고 싶은거 다 참으며 모은 거야...

형아가 언젠가 내게 그랬었지...

전철 안에서 엄마 따라다니며 사람들에게 껌 파는게 챙피하지 않냐구...

맞아... 형아 말대루 나 그때마다 정말이지 넘넘 챙피해서 막 죽고 싶고 그랬었어.

그런대두 내가 그 동안 꾹꾹 참고 견딘 것은 다 우리 엄마 때문이었어...

우리 엄마 얼굴을 예쁘게 고쳐줄 생각만 하면 아무리 힘들고 속상한 일이 있어도 마구마구 힘이나구 그랬거든....

이번 크리스마스 때... 경호가 직접 엄마를 병원으로 데리고 가서... 얼굴도 예쁘게 고쳐주고... 사람들이 엄마의 예쁜 얼굴 다 볼 수 있게 토끼모양의 머리핀도 꽂아주고 싶었는데...

근데... 아무래도 힘들 것 같아... 이상하게 그런 생각이 들어... 그래서 형아에게 이렇게 부탁을 하는 거야...

형아, 그럼... 우리 엄마를 부탁해...

## 경호의 편지8


형아, 차암... 이건 진짜 형아한테만 처음 털어놓는 일급비밀인데...

형아가 옛날에 우리 집에 왔을 때 돼지저금통 옆구리에 붙어있는 반창고를 보구 왜 그런 거냐구 물어본 적 있었지...

사실은 예전에 돼지저금통을 몰래 몇 번 뜯은 적이 있었어...

롤러스케이트를 비롯해 넘넘 사고 싶은 것들이 생길 때마다 나도 모르게 부엌칼로 부욱-

근데... 엄마 얼굴 예쁘게 고쳐줄 돈이라고 생각하니까 도저히 살수가 있어야지...

그래서... 그 때마다 도로 돈을 집어넣고 찢었던 부분을 청색반창고로 단단히 붙여 놓았던 거야... 다시는 꺼내지 못하게... 히히...

형아... 자꾸 졸음이 쏟아져.

오늘 따라 이상하게 자꾸 잠만 오구...

힘이 없어지는 것 같아...

엄마 수술할 때까지만...

그때까지만 졸리지도 않구...

아프지도 않았으면 좋겠는데...

형아... 그럼 엄마를 부탁해...

경호가 이 세상에 태어나서 가장 많이 좋아하고 사랑했던 우리 엄마를...

그리고 나중에... 아주아주 많은 시간이 지나면... 마지막으로 엄마에게 이 말 한마디만 꼭 해줘...

엄만 사람들에게 불에 탄 얼굴을 보여줘야 할 때 가장 속상해하고 가슴아파했었지만... 경호는... 엄마 아들 경호는 말야...

그래두... 지금까지 엄마보다 더 예쁜 여자는 본 적이 없었다구...

이 경호가 하루에도 몇 번씩 뽀뽀해주고 싶었던 얼굴은 이 세상에서 엄마가 처음이자 마지막이었다구 말야...

형아, 그럼... 안녕...

그 날 오후...


밖은 온통 눈 천지였다.

여기저기서 젊은이들의 환호성 소리가 들렸고, 크리스마스 캐럴송이 경쾌하게 흘러나오고 있었다.

난 신호등 앞에서 경호가 남긴 돼지저금통을 어루만지며 잠시 생각했다.

오늘은 그녀에게 술 한 잔 사달라고 부탁을 해도 괜찮을 것만 같다고...

크리스마스이브 날,

세상에서 가장 사랑하는 사람으로부터,

가장 고귀한 선물을 받은 기념으로...

함박눈이 눈 속으로 파고든다.

경호가 날아가 버린 아득히 먼 하늘을 올려다보며 제멋대로 한 번 지껄여본다.

착한 사람들은 이래서 행복하다고...

이래서 행복해야 된다고... 이래서...

내 생에 마지막 사랑이었으면

| | |
|---|---|
| 인쇄일 | 2022년 9월 2일 |
| 발행일 | 2022년 9월 7일 |
| 저 자 | 최정재 |
| 발행처 | 뱅크북 |
| 신고번호 | 제2017-000055호 |
| 주 소 | 서울시 금천구 가산동 시흥대로 104다길 2 |
| 전 화 | (02) 866-9410 |
| 팩 스 | (02) 855-9411 |
| 이메일 | san2315@naver.com |